Les éditions de la courte échelle inc.

Jacques Savoie

Jacques Savoie est né en 1951, à Edmunston, au Nouveau-Brunswick. En 1972, il fonde avec des amis le groupe de musique traditionnelle Beausoleil Broussard qui connaît un succès immédiat. Depuis 1980, Jacques Savoie a écrit cinq romans dont *Les Portes tournantes*, porté à l'écran par le réalisateur Francis Mankiewicz, et, tout récemment, *Le cirque bleu*, publié à la courte échelle.

Depuis quelques années, Jacques Savoie exerce surtout ses talents de scénariste. On lui doit, entre autres, les textes de la minisérie *Bombardier* pour laquelle il a obtenu un prix Gémeaux en 1992.

Comme le capitaine Santerre, Jacques Savoie a beaucoup voyagé. Il adore découvrir de nouveaux univers. Et s'il aime écrire et raconter des histoires, c'est sûrement pour le plaisir de nous amener faire un petit voyage dans son monde imaginaire. *Toute la beauté du monde* est le premier roman jeunesse qu'il publie à la courte échelle.

Geneviève Côté

Geneviève Côté a toujours dessiné! Déjà, à quatre ans, elle s'inventait des histoires... pour le simple plaisir de les illustrer. Décidant d'en faire son métier, elle a étudié le design graphique à l'Université Concordia, à Montréal.

Aujourd'hui, on peut voir ses illustrations dans plusieurs journaux et magazines, comme *La Presse*, *L'actualité* et *Châtelaine*. Depuis le début de sa carrière, elle a reçu plusieurs prix dont, en 1993, le Grand prix d'illustration de l'Association québécoise des éditeurs de magazines, ainsi que la médaille d'or du Studio Magazine. Quand elle ne dessine pas, Geneviève adore dévorer des livres et se promener à vélo.

Toute la beauté du monde est le premier roman qu'elle illustre à la courte échelle.

Jacques Savoie

TOUTE LA BEAUTÉ DU MONDE

Illustrations
de Geneviève Côté

la courte échelle

Les éditions de la courte échelle inc.

Les éditions de la courte échelle inc.
5243, boul. Saint-Laurent
Montréal (Québec) H2T 1S4

Conception graphique:
Derome design inc.

Révision des textes:
Andrée Laprise

Dépôt légal, 3e trimestre 1995
Bibliothèque nationale du Québec

Données de catalogage avant publication (Canada)

Savoie, Jacques

  Toute la beauté du monde

  (Roman Jeunesse; RJ55)

  ISBN 2-89021-243-2

  I. Côté, Geneviève. II. Titre. III. Collection.

PS8587.A388T68 1995   jC843'.54   C95-940532-1
PS9587.A388T68 1995
PZ23.S28To 1995

Chapitre I
Savoir lire

Charlie, mon demi-frère, ne fait jamais rien comme les autres! Il va bientôt avoir dix ans et il prétend qu'il ne sait pas lire. Son professeur de français, madame Blanche, le garde quand même dans sa classe en cinquième année. Elle dit que c'est un illettré qui l'est beaucoup moins qu'on pense.

— Ça va débloquer, répète-t-elle. Un bon matin, vous verrez, ça va débloquer.

Il fait marcher tout le monde, Charlie: Jean-Philippe, son père, Dominique, ma mère, et Marthe, sa vraie mère qui est bibliothécaire. Elle habite de l'autre côté de la ville, Marthe. Dans une maison beaucoup trop grande pour elle.

Charlie passe trois fins de semaine sur quatre chez elle. Le reste du temps, il est avec nous. On s'amuse bien. C'est le genre à s'empêtrer dans des histoires impossibles. On a toujours l'impression de marcher sur le bord d'un précipice quand on est avec lui.

— C'est pas grave, Caroline... c'est pas grave! répète-t-il constamment.

En fait, on a souvent l'impression qu'il ne connaît que ces mots... à part quelques grognements dont je ne comprends pas toujours le sens.

Bref, le mois dernier, à l'école, on a fait une excursion. La visite guidée de l'usine d'épuration d'eau de la ville. C'est comme ça maintenant. Tout est écologique. Ils nous rebattent les oreilles avec ce qu'il ne faut pas faire, ce qui est cancérigène, ce qui est biodégradable.

Ça devait être une sortie sans histoire. Mais c'était compter sans Charlie. L'école avait été divisée en deux groupes. Il faisait partie du premier, moi du second. Et dès que l'autobus scolaire dans lequel je me trouvais s'est arrêté devant ce grand édifice en béton, j'ai compris qu'il se passait quelque chose.

— ... il était là au début de la visite, disait madame Blanche. Il ne peut pas être loin!

— Je crois que vous me comprenez mal, madame. Il y a des zones interdites dans l'usine. Il était entendu que personne ne devait quitter le groupe!

— Écoutez, Caroline, sa demi-soeur, vient d'arriver. Elle va nous aider à le retrouver.

Le petit homme chauve qui donnait la réplique à madame Blanche était le directeur de l'usine. C'était un nerveux naturel qui se tenait debout devant l'entrée de l'édifice. On aurait dit qu'il ne voulait plus laisser entrer personne.

— S'il s'est faufilé dans les conduits de ventilation, ça peut être dangereux. Il y a des émanations toxiques!

Le directeur songeait à donner l'alerte quand j'ai fait mon entrée en scène. Je me suis retrouvée entre madame Blanche et le directeur énervé. L'institutrice de mon demi-frère a tout de suite annoncé:

— Elle a l'habitude, elle va le trouver!

Le directeur a froncé les sourcils. Il m'a regardée de haut en bas comme on regarde un chien renifleur. C'est tout juste s'il ne m'a pas dit:

— Allez chien chien, trouve-le! Trouve-le, ce petit sacripant!

Il s'est quand même plié au jeu, le petit homme chauve. En deux ou trois phrases, il

11

m'a raconté comment son truc fonctionne.

— D'abord, il y a l'usine comme telle. Ce grand bâtiment où les eaux sont traitées.

Toujours devant la grande porte de son usine, le directeur pointait un terrain vague, là-bas, un peu plus loin:

— De ce côté, c'est le lac artificiel. C'est de là que nous arrivent les eaux usées. Elles sont traitées une première fois avant d'être envoyées ici, par des tunnels souterrains... On retrouve aussi des conduits de ventilation là-dessous. Le lac et l'usine sont reliés.

Il gesticulait en donnant ses explications. Puis, tout d'un coup, il s'est retourné, a ouvert la porte et m'a fait signe de le suivre:

— Je vais vous montrer!

Après un premier tour de l'usine, je ne savais trop que penser. Il y avait un impressionnant système de tuyauterie, là-dedans. De grandes cuves et aussi des réservoirs de chlore, lequel servait à «blanchir» l'eau.

À première vue, je ne voyais pas où Charlie pouvait se cacher. Mais les indices étaient nombreux. On comptait plusieurs

portes sur lesquelles des écriteaux indiquaient: «Zone de décontamination», «Entrée interdite», «Défense de fumer».

Charlie se trouvait derrière l'une d'elles, c'était évident! Et je me suis arrêtée devant la plus rouge, devant celle qui me semblait la plus interdite:

— À mon avis, c'est par là qu'il est allé.

J'étais toujours entre madame Blanche et le directeur de l'usine. Je pouvais lire comme eux les grosses lettres sur la porte rouge: «Danger: émanations toxiques».

— Il faut déclencher l'alerte! Il n'y a plus une minute à perdre.

Le calme de madame Blanche commençait à s'effriter. Le petit homme chauve pivota sur ses talons: il venait de se mettre sur le pied de guerre!

— Je veux que tous les élèves remontent dans les autobus. Il faut dégager le stationnement. Faire de la place pour les pompiers.

— Les pompiers!

— C'est ce qui est prévu en cas de sauvetage!

— Quel sauvetage?

Il n'a pas eu le temps d'en dire plus. Il a disparu dans un bureau en nous répétant:

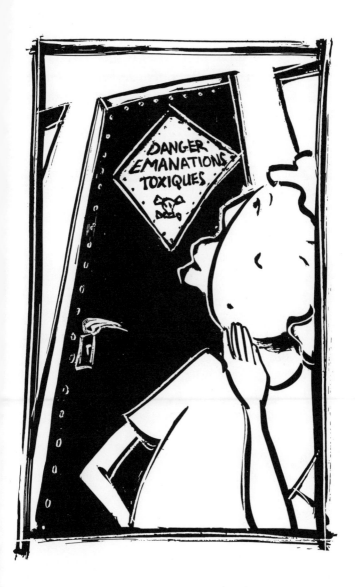

— Il va falloir sortir! Regagnez les autobus!

Je regardais la porte rouge. Madame Blanche aussi. J'étais persuadée que ça ne pouvait pas être si grave. Charlie parvenait toujours à s'en sortir.

— À quoi penses-tu? m'a-t-elle demandé.

— Eh bien, je pourrais entrer là-dedans le chercher! Il ne peut pas être loin!

— Pas question! Viens! On sort d'ici!

Mon demi-frère était en danger et je n'allais pas l'abandonner. Mais au fond, je n'étais pas vraiment certaine qu'il soit derrière cette porte rouge.

— Ce n'est pas le moment de faire de la bravoure. Il y a déjà assez de Charlie qui manque à l'appel.

On s'est retrouvées dehors, dans le stationnement de l'usine, et déjà, la rumeur allait bon train. Alors que tout le monde remontait dans les autobus, on pouvait entendre:

— Il y a un tunnel entre l'usine et un lac... un peu plus loin. Charlie se trouve par là!

— Les employés de l'usine ont dit qu'il y avait du poison là-dessous.

— Charlie va mourir étouffé. Il ne fait jamais rien comme les autres.

Avec madame Blanche, on a cherché à les calmer. Une fois encore, mon demi-frère s'était peut-être fourré là où il n'avait pas d'affaire! Mais on l'en sortirait rapidement!

— Enlevez-moi ces autobus! a crié le directeur de l'usine. Les pompiers vont arriver d'un instant à l'autre!

Et les rumeurs sont reparties de plus belle dans les autobus qui se remettaient doucement en marche.

Chapitre II
Les fleurs du capitaine

Lorsque j'ai aperçu la lumière, au bout du tunnel, j'ai tout de suite pensé à Caroline, ma demi-soeur. Quand je suis perdu, elle me retrouve chaque fois. Sauf que là, je me suis dit:

— Tu exagères, mon Charlie. Si Caroline passe par ce tunnel puant pour venir te chercher, ça va faire des histoires. Vaudrait mieux sortir d'ici au plus vite.

Bon, il faut dire que c'était complètement raté, cette visite de l'usine d'épuration! On n'a vu que du béton, on a bu de l'eau propre et ils ont parlé d'un lac artificiel... sans jamais nous le montrer.

Moi, je ne parle pas beaucoup. Mais je regarde. Et j'ai bien vu qu'il y avait des tunnels souterrains qui reliaient le lac à l'usine. Les plans en couleurs, qui étaient affichés partout dans l'usine, les montraient. Il fallait que j'aille voir.

La porte rouge était la plus invitante! Si

on prend la peine d'utiliser cette couleur, c'est qu'il y a quelque chose de l'autre côté! Enfin, il me semble.

— Mais où est-ce qu'il est, ce lac? me suis-je demandé en entrant dans une petite salle voûtée.

Il y avait une deuxième porte un peu plus loin. Une porte rouge, elle aussi. Elle était fermée, mais la clef reposait dans une petite boîte de verre qui se trouvait juste à côté. Je crois qu'on l'avait fait exprès.

De l'autre côté, on avait le choix entre trois tunnels. Deux d'entre eux étaient humides et devaient servir au transport de l'eau. Le troisième était à sec. Sans doute une voie d'aération.

«Va où il y a de la lumière, mon Charlie. Le lac ne peut pas être loin.»

Et j'ai marché. J'ai marché longtemps. Plus j'avançais, plus l'odeur devenait insupportable. Le lac était sûrement là, quelque part, et je me répétais:

«C'est pas grave. C'est pas grave.»

Mon père, Jean-Philippe, croit que je ne sais rien dire d'autre que: «C'est pas grave.» Je ne parle pas beaucoup en dehors, c'est vrai. Mais je parle beaucoup en dedans. Dans ma tête, il y a toujours des mots qui se tricotent. Je m'exerce!

Je me disais: c'est pas grave, c'est pas grave. Mais plus j'avançais, plus il faisait noir. Je marchais depuis trop longtemps pour faire demi-tour et je me suis mis à crier:

— Il y a quelqu'un?

Ce n'était sûrement pas le lac qui me répondrait! Et j'ai continué, j'ai continué jusqu'à ce qu'il y ait de la lumière au bout du tunnel. J'étais rendu là, quand tout à coup, mon pied a glissé sur quelque chose de mou.

J'ai essayé de m'accrocher. En tombant, ma tête a frappé le sol... mais je ne me suis pas évanoui. Quand j'ai ouvert les yeux, j'avais une poignée de fleurs dans les mains.

«Mais qu'est-ce qui m'arrive?», me suis-je demandé en m'accroupissant au fond du tunnel.

Et j'ai entendu mon nom. C'était une voix que je ne connaissais pas. Une voix que je n'avais jamais entendue encore.

— Charlie! Charlie!! Est-ce que tu es là, Charlie?

Je m'enfonçais tout doucement dans cette terre molle, cette terre glaise. Devant moi poussaient d'autres fleurs, mais je les devinais à peine dans la pénombre.

La voix s'approchait de plus en plus. Je me suis relevé dans le noir et j'ai mis les fleurs dans ma poche. Un réflexe. Je ne sais pas pourquoi... Je voulais rapporter un souvenir, peut-être.

— C'est toi, Charlie? Ils te cherchent partout à l'usine!

C'était un vieil homme. Il avait une lampe de poche à la main et l'agitait devant mon visage, comme s'il cherchait à m'éblouir. Quand il a mis son bras autour de mon cou pourtant, j'ai bien vu qu'il ne me voulait pas de mal.

— Viens avec moi. Ils sont très énervés à l'usine d'épuration... Ils pensent que tu es mort!

— Mais les fleurs! Comment elles font pour pousser ici?

Le vieil homme a fait semblant de ne pas entendre. Tout ce qui l'intéressait, c'était de remonter à la surface, là où se trouvait le lac probablement.

— Je m'appelle capitaine Santerre. Je suis le gardien. J'ai une petite maison à côté du lac.

— Capitaine? Capitaine de quoi?

— J'étais capitaine au long cours, dans

la marine marchande. J'y suis resté pendant vingt-cinq ans.

Je n'étais pas certain s'il fallait le croire. Il marchait d'un pas pressé dans ces tunnels sombres et avait toujours son bras autour de mon cou.

— Je crois que tu leur as fait une bonne peur!

Je n'ai rien dit. Ce n'est pas mon genre de me lancer dans de longues conversations. Mais je le trouvais intrigant, ce bonhomme. Ce capitaine Santerre.

La sortie ressemblait étrangement à l'entrée. Une porte rouge donnant sur une petite pièce voûtée dans laquelle il y avait beaucoup d'écho... et une deuxième porte rouge.

— C'est un sas, a précisé le capitaine. Quand les gaz toxiques s'accumulent dans les souterrains, c'est ici qu'on s'habille et qu'on met les masques à gaz avant de descendre.

De l'autre côté des portes rouges, on atteignait des marches. Une douzaine en tout. Arrivés en haut, on s'est retrouvés devant cette espèce de trou d'eau carré. Une hélice, plantée au milieu, remuait l'eau sombre.

Pas un arbre autour! La désolation complète! Et pourtant, c'était à deux pas de la piste cyclable.

Le capitaine Santerre est un vieux monsieur charmant. Mais l'endroit où il habite ne lui ressemble pas du tout. À part l'eau, on se demande ce qu'un marin peut bien y trouver.

Je me suis bien gardé de faire un commentaire. De toute façon, il s'est précipité vers sa maison. Je l'ai entendu dire au téléphone:

— Ne vous inquiétez pas. Je l'ai retrouvé. Il s'était égaré...

Il me regardait par la fenêtre et me faisait un grand sourire:

— ... il va bien! De toute façon, il n'y a pas de gaz dans le tunnel en ce moment.

Le capitaine Santerre était amusé par cette affaire. Je l'ai vu à son regard taquin quand il a raccroché. Lorsqu'il est venu me rejoindre près du lac, je me suis demandé si je devais lui en parler. Si je devais sortir la fleur que j'avais enfoncée dans ma poche.

— Ils s'en viennent, a-t-il lancé en passant devant moi, le sourire en coin.

Il avait évité de me répondre la première

fois. Peut-être accepterait-il si j'insistais?

— Dans le tunnel, j'ai vu qu'il y avait des fle...

— Tu n'as rien vu dans le tunnel. Il fait noir!

Pas la peine de continuer. Je l'ai quand même fait languir en restant devant la fenêtre de la maison. C'était très encombré à l'intérieur. Des meubles luisants, polis par le temps, des souvenirs, des statuettes et des photos épinglées aux murs.

— Viens! a répété le capitaine en s'éloignant le long du lac.

Et là, je me suis rendu compte dans quel pétrin j'étais. Le capitaine s'est arrêté au bout du lac et il a attendu que je le rejoigne. De cet endroit, on avait une vue magnifique. L'usine en béton, à cent mètres de là, les autobus dans le grand stationnement et la moitié de l'école qui s'avançait dans ce terrain vague.

— Ça va être ta fête, m'a dit le capitaine Santerre.

Caro, ma demi-soeur, ouvrait le cortège, encadrée de madame Blanche et du directeur de l'usine. Elle faisait une drôle de tête.

Quand ils ont été à portée de voix, je leur ai crié:

— Le lac est vraiment beau! C'est bien qu'on ait trouvé le temps de venir le voir!

Chapitre III
L'ange gardien

Inutile de dire que les frasques de Charlie à l'usine d'épuration d'eau ont fait des vagues. Le lendemain, le directeur de l'école a convoqué Jean-Philippe, le père de Charlie, à son bureau. C'était la fête, au petit déjeuner.

— Caroline, tu es la plus vieille. Explique-moi ce qui s'est passé.

J'ai brossé un portrait de l'affaire dans les grandes lignes pendant que Charlie répétait:

— C'est pas grave, c'est pas grave!

— Eh bien, voilà! lui a déclaré Dominique. Si tu faisais un effort pour apprendre à lire, ça ne serait pas arrivé. Caroline l'a dit. C'était écrit en grosses lettres sur une porte rouge: «Danger: émanations toxiques»!

— Écoute, je vais aller voir le directeur. On va arranger ça. Sauf que, ce matin, ça tombe mal.

Il travaille en publicité avec ma mère,

le père de Charlie. C'est d'ailleurs pendant le tournage d'un message publicitaire de mode qu'ils se sont rencontrés. Ça va vite, dans leur vie. Bref, il croyait que la rencontre avec le directeur ne durerait que cinq minutes. Jean-Philippe a bien été forcé de rajuster le tir.

— Vous rendez-vous compte, monsieur Boyer? Votre fils a complètement gâché cette sortie d'école. Les élèves n'ont rien vu de l'usine d'épuration d'eau! Ils cherchaient Charlie! Certains ont été très perturbés par l'expérience.

— Perturbés?

— Pendant un moment, on l'a cru mort!

Jean-Philippe ne savait que répondre. Au petit déjeuner, personne n'avait parlé de mort. Charlie avait grogné comme d'habitude. Mon explication avait semblé le satisfaire... Mais dans ce petit bureau étroit, c'était autre chose.

— Tout cela découle de son fameux problème... Un enfant de son âge devrait savoir lire. Ça ne pourra pas durer. Il va falloir faire quelque chose à ce sujet.

Jean-Philippe a dû le reconnaître.

— Le directeur de l'usine va sans doute vous appeler.

Un bien mauvais début de journée pour le père de Charlie. Dans l'heure qui a suivi, plusieurs coups de téléphone ont été échangés. Avec Marthe, d'abord, la mère de Charlie. Et puis avec Dominique, qui lui a conseillé de parler avec madame Blanche, l'institutrice de Charlie... ce qu'il a fait.

— Il ne faut pas s'inquiéter, a-t-elle dit. Votre fils est curieux... et il est intelligent. Tout cela n'est que passager.

— Mais la lecture...

— Ça va débloquer, croyez-moi!

Madame Blanche se porte toujours à la défense de Charlie. Elle l'aime bien, je crois. Elle a fini par rassurer Jean-Philippe, en tout cas. Ce qui a donné lieu à une deuxième ronde d'appels.

Quand la poussière est retombée, en fin de journée, un conseil de famille a été convoqué. Adèle, la petite dernière qui ne comprend jamais rien, était persuadée qu'on enfermerait Charlie! Ça s'est passé tout autrement.

— Caroline, tu es la plus vieille de la bande. Peut-être le temps est-il venu de partager certaines responsabilités avec nous?

Ma mère hochait la tête en me regardant droit dans les yeux. Pour donner de l'importance à ce qu'il disait, Jean-Philippe parlait comme dans une publicité. La voix était plus grave et le propos plus direct:

— En fait, on aimerait que tu nous aides, Caroline.

Ils avaient probablement répété le numéro au bureau avant de venir. Quand l'un se taisait, l'autre prenait la relève.

— On ne veut pas que tu le suives à la trace. On aimerait seulement que tu jettes un oeil sur ton demi-frère Charlie... pour éviter le pire, tu comprends!

Adèle était inquiète:

— Pourquoi elle jetterait un oeil, Caro? Elle en a seulement deux.

Dominique s'est empressée de faire la traduction pendant que Charlie continuait de se taire. Il était à l'origine de toute cette affaire, mais il restait muet comme une carpe. Pour dénouer l'impasse, j'ai finalement suggéré:

— En fait, ce que vous voulez, c'est que je sois un ANGE GARDIEN?

Ils ont soupiré tous les deux. On aurait dit que je venais d'inventer un mot pour le dictionnaire!

***

Pendant deux ou trois jours, Charlie filait doux. Pas un mot plus haut que l'autre, toujours dans le rang, l'élève exemplaire. Et puis, le jeudi soir, il m'a demandé de venir dans sa chambre. Il voulait me montrer quelque chose: une fleur. Elle était desséchée, elle avait été malmenée, mais c'était encore une belle fleur.

— Je l'ai trouvée dans le tunnel de l'usine d'épuration d'eau.

— Je ne te crois pas!

— C'est pas grave!

Il s'est tu pendant un long moment. J'ai essayé de le secouer un peu. Je lui ai expliqué que les fleurs ne poussent pas dans des souterrains noirs et qu'il devait se tromper.

Il grognait. Et puis, tout à coup, il s'est levé. Il est allé chercher l'encyclopédie des plantes dans le bureau de Jean-Philippe. C'est le seul livre qu'il daigne consulter... parce qu'il y a beaucoup d'images et presque rien à lire!

— Il doit bien y avoir une fleur là-dedans qui ressemble à la mienne.

On a tourné les pages, on a comparé... et puis on est tombés dessus. Ce restant de

pétales et de plante grasse était une variété de nopal, un cactus très rare que l'on retrouve habituellement en Équateur.

— En tout cas, si c'est un nopal, tu es chanceux, frérot. Écoute ça: «... le nopal pourpre ou nopal éphémère n'exige à peu près rien. Il s'accroche généralement à un caillou et sa floraison éclair ne dure que douze heures par année.»

— Il y en avait tout un carré, dans le tunnel. Et ils étaient tous en fleurs. Je le sais, je suis tombé dedans!

— C'est ce que je dis. Tu es chanceux, frérot. Tu es tombé dedans le seul jour de l'année où ils étaient en fleurs... Sauf que

je n'arrive pas à croire ce que tu me racontes. Des fleurs, ça ne pousse pas dans les égouts.

Charlie ne voulait rien entendre. Il les avait bel et bien vues, ces fleurs, dans les souterrains de l'usine d'épuration. Il disait aussi que le capitaine, le gardien qui habitait à l'usine, avait eu une drôle de réaction lorsqu'il avait parlé des fleurs.

— Il faut aller le voir, répétait-il. Si je lui parle, il finira bien par me le dire, le capitaine.

— Le capitaine de quoi?

— Il était capitaine sur les bateaux. Il a beaucoup voyagé.

— Tu ne trouves pas ça étrange que cet homme, qui prétend avoir navigué sur les sept mers, ait échoué là, à côté d'un lac artificiel?

— ... Mmm.

Charlie venait de fermer les volets. Il ne parlait plus, il réfléchissait. Je l'avais remarqué moi aussi, lors du «sauvetage», ce vieux monsieur qui avait le sourire en coin. Le capitaine avait donc quelque chose à voir avec ces fleurs.

— Il est très gentil, tu sais, a finalement murmuré Charlie. Je crois qu'il serait content si on allait le voir.

Rusé, le demi-frère. En effet, rien dans mon «job» d'ange gardien ne m'interdisait d'aller faire une balade en vélo le long du canal. En continuant un peu sur la piste cyclable, on croisait l'usine d'épuration d'eau.

Une petite visite au capitaine Santerre ne pourrait faire de mal à personne. Cela pourrait même être amusant.

— D'accord, ai-je fini par dire. On ira le voir samedi après-midi!

Chapitre IV
... de la petite monnaie

C'était très encombré chez le capitaine Santerre. Il ne semblait pas y avoir de logique dans la disposition des nombreux meubles. Ils étaient coincés les uns contre les autres.

— Capitaine, je vous présente ma soeur, Caroline.

Charlie s'était aventuré le premier dans la petite maison et je me tenais debout sur le seuil de la porte. En fait, j'étais impressionnée par ces pièces de monnaie qui traînaient partout. Il y en avait sur les tables, sur les chaises et par terre, même. Comme si le capitaine n'était plus capable de se pencher pour ramasser son argent.

— Je suis enchanté, mademoiselle.

Il avait redressé les épaules et cogné du talon. Un vieux réflexe qu'il gardait de la marine, probablement. Je lui ai tendu la main.

— Vous n'avez pas eu de problèmes

à cause de l'escapade du petit?

Une sorte de droiture émanait de cet homme. Il avait la tête bien au-dessus des autres. Pour mieux voir venir les coups, sûrement. Un homme rusé, mais charmant.

— Assoyez-vous. Prenez place.

Il avait balayé sa petite demeure d'un large geste de la main. Il y avait de tout dans cet endroit et il semblait nous l'offrir. Je me suis approchée. J'ai regardé les clichés accrochés aux murs. Des paysages du Sud, surtout...

Près de la porte, Charlie s'intéressait à des photos plus récentes. Des «polaroïds» aux couleurs fluo. Des photos de fleurs.

— Et pourquoi laissez-vous traîner votre argent par terre? ai-je demandé au capitaine.

Il n'a pas eu l'air d'entendre la question. Ou était-ce parce qu'on la lui posait souvent? Il a pris un air inspiré et a levé le doigt:

— L'argent est un tyran. Je n'aime pas me pencher pour les tyrans!

Le capitaine Santerre faisait une drôle de tête! Il voyait bien que l'explication ne me suffisait pas.

— Non, mais enfin, c'est vrai! Pourquoi

m'inclinerais-je pour quelque chose qui ne le mérite pas?

Il faut avoir passé les trois quarts de sa vie en mer pour dire une énormité pareille. À mon avis, il n'a pas encore les deux pieds sur terre, le capitaine. Moi, je me pencherais volontiers pour ramasser ses sous. Il y a un «jean» que je veux m'acheter dont les trous sont déjà faits.

— Mais que faites-vous quand il y a trop de sous par terre? Ça doit devenir encombrant.

— J'appelle le service de nettoyage. Généralement, ils trouvent assez de sous pour se payer.

Un excentrique, ce capitaine Santerre. Mais un homme rempli de délicatesse. Il m'a offert un jus. Charlie rôdait toujours du côté de la porte et se fichait complètement de ce qu'on disait.

— J'ai ramené un petit souvenir de chaque bateau sur lequel j'ai travaillé.

Une cabine de navire, voilà à quoi me faisait penser le décor de la petite maison sur le bord du lac.

— Je n'ai jamais pu m'éloigner de l'eau. Alors, une fois à la retraite, je me suis inventé ça!

Le décor était en bleu marine et en jaune. Sur les murs, quelques bouées de sauvetage étaient accrochées et, par l'unique fenêtre, on voyait l'eau! On pouvait se croire en mer.

J'étais fascinée. Je touchais à tout, je regardais dans tous les sens et je ne me suis pas rendu compte que Charlie était sorti. En fait, le capitaine me parlait d'un certain Bergson, son plus grand ami. C'était un Norvégien avec une immense balafre qui lui traversait le visage. Un second très doué:

— Un drôle d'oiseau, ce type. Son père, son grand-père et son arrière-grand-père avaient été dans la marine. Une lignée de navigateurs qui remontait jusqu'au temps des pirates.

Il était ravi d'avoir un auditoire. Ses joues étaient toutes rouges et il avait un petit commentaire pour chaque photo. Puis, je me suis intéressée à son travail à l'usine. L'intérieur de la maison, le décor, la cabine de navire, tout était bien... mais vivre à côté de ce lac puant?

— Non, non, je suis très bien, ici. J'y trouve mon compte.

— Mais quand même. Quelqu'un qui a

beaucoup voyagé, quelqu'un qui a vu le monde. Il me semble qu'il doit y avoir moyen de trouver mieux que cela.

Je l'ai senti très mal à l'aise, comme s'il cherchait à me cacher quelque chose. Son regard est devenu fuyant et puis, tout à coup, il m'a dit:

— Ton frère Charlie, où est-il?

Chapitre V
Les portes rouges

Je sais qu'il nous cache quelque chose, le capitaine Santerre. Ce n'est pas possible d'avoir vu tant de merveilles dans le monde et de se contenter de cet endroit. Il y a un truc, je le sens. Alors je me suis dit:

«Mon Charlie, si tu veux savoir, il n'y a qu'une façon. Retourner voir!»

Bien sûr, je ne suis pas du genre à poser des questions. De toute façon, il avait l'air si content de parler avec Caroline. Ni lui ni elle ne s'en sont aperçus quand je suis sorti!

J'avais préparé mon coup, bien sûr: lampe de poche, bottes de caoutchouc, au cas où ce serait humide. Depuis trois jours au moins, je refaisais le trajet dans ma tête. De la maison du capitaine, il fallait marcher le long du lac, descendre des marches et traverser le sas. Après la deuxième porte rouge, à gauche, se trouvait le tunnel, celui qui était éclairé.

Je savais que Caroline serait séduite par le capitaine. Ça se sent, ces choses-là. Lui aime bien raconter ses histoires, elle est si curieuse, si attentionnée.

Tout à l'heure, ils parlaient d'un homme: un balafré. J'ai vu la photo, moi aussi. Il tenait un cactus dans ses mains. Un nopal en fleurs, comme celui que j'ai ramené à la maison l'autre jour. Quel hasard pour une plante qui ne fleurit que quelques heures par année!

Je suis certain que le capitaine a tout avantage à ce que personne ne vienne dans les tunnels de l'usine. Il s'y passe quelque

chose, j'en mettrais ma main au feu.

Et je me suis cogné le nez à la deuxième porte rouge. Elle était verrouillée. Il y avait bien le coffret vitré et sa clef, mais il était fermé, lui aussi.

J'ai voulu l'ouvrir, le verre s'est cassé. Je n'avais pourtant pas appuyé fort. Ça devait être fait exprès, en cas d'urgence. De toute façon, personne ne s'en était aperçu. J'étais tout seul.

Ce n'était pas le moment d'hésiter. J'ai ouvert la porte et je me suis lancé à l'intérieur. L'odeur était encore plus infecte que la première fois. Une senteur qui me brûlait les narines. Mais rien ne me ferait changer d'idée. Je voulais absolument revoir ce champ de fleurs!

Sauf que plus j'avançais, plus l'image s'embrouillait. Le rayon de ma lampe de poche faisait des dessins étourdissants sur le plafond.

Tout était confus dans ma tête, maintenant. Tout se mélangeait. Je revoyais la photo de Bergson, le second de Santerre. Il avait vraiment une tête de bandit. Et il tenait bien une fleur dans ses mains. Un trafic mystérieux auquel il se livrait avec le capitaine?

Plus j'y pensais, plus cela me paraissait clair. Sous des apparences de gardien d'usine, le capitaine Santerre avait des activités secrètes. Et c'est là, dans le tunnel, à quelques mètres de moi seulement, que se trouvait l'explication de cette affaire.

J'étais tellement étourdi que c'est à peine si je me suis rendu compte que les fleurs du capitaine étaient à mes pieds. Et non seulement elles étaient magnifiques, mais elles dégageaient un parfum étonnant!

Je me suis agenouillé dans la terre molle, j'ai respiré un grand coup, puis j'ai relevé la tête vers l'éclairage qui était au-dessus. Elles ne poussaient pas là par hasard. Quelqu'un s'en occupait. Quelqu'un les cultivait. Et elles étaient superbes!

Sauf que j'avais les paupières de plus en plus lourdes et les yeux de plus en plus collants. Devant moi, les petites fleurs rouges se multipliaient et j'ai voulu me relever:

«Il vaudrait peut-être mieux repartir. Je me sens drôle.»

Mais c'était plus facile à dire qu'à faire. Mes jambes ne voulaient plus bouger et je me suis dit qu'il fallait peut-être me reposer un moment.

Je me suis laissé retomber dans la terre molle sous la lampe solaire et j'ai respiré les fleurs une nouvelle fois. Pour je ne sais trop quelle raison, l'odeur me rappelait Caroline. Mais je devais rêver. Je dormais déjà.

Chapitre VI
Émanations toxiques

Accompagnée du capitaine, je suis sortie de la petite maison en catastrophe.

— Crois-tu qu'il soit tombé dans le lac? Tu le connais toi, Caroline.

Le vieil homme scrutait les eaux sombres de son lac, mais je savais que Charlie n'était pas là. J'ai vite rassuré le capitaine:

— Non, non, ça m'étonnerait. Il a trop de suite dans les idées.

Je lui ai plutôt suggéré de regarder du côté de la porte rouge et des souterrains, là où on l'avait trouvé la première fois.

— Mes Éternelles! a tout de suite lancé le capitaine.

Et il s'est mis à courir. Je n'avais pas compris. Je suis partie à ses trousses pour qu'il m'explique. Il allait s'engager dans l'escalier, au bout du lac, quand le téléphone a sonné.

Le capitaine s'est arrêté net. Il a réfléchi un moment et il a rebroussé chemin vers la

maison. En entrant, il s'est rué sur le téléphone. Un échange éclair qui a duré dix
secondes à peine. Il est ressorti en courant:

— Le coffret de sûreté dans lequel se
trouve la clef du sas a été ouvert... Le
directeur m'a appelé. L'air est irrespirable
dans les souterrains en ce moment. Une
alerte rouge!

— Qu'est-ce que c'est, une alerte rouge?

Il était dans tous ses états, le capitaine
Santerre. À toutes jambes, il est revenu
vers l'escalier et la porte rouge.

Quand je l'ai suivi, dans cette petite
pièce voûtée, il enfilait déjà un masque à
gaz.

— Tu vas remonter là-haut et tu vas
rester près du téléphone... au cas où il y

aurait des appels. Le directeur de l'usine va prévenir votre père.

C'était un ordre. Le capitaine se dirigeait déjà vers la deuxième porte rouge. Il y avait de l'inquiétude dans ses yeux. Ce n'était pas le moment de discuter.

— Remonte là-haut et referme la porte rouge derrière toi... Je reviens tout de suite!

J'ai eu juste le temps de hocher la tête et il était déjà parti.

Cette fois, Charlie était allé trop loin. J'ai refermé le sas, comme me l'avait demandé le capitaine, et je suis retournée à la petite maison, la mort dans l'âme.

Il est tellement secret, Charlie. Il ne dit jamais rien. La lecture n'a rien à voir là-dedans. Ni les mots. Il les connaît tous. Ça se passe dans sa tête. Entre lui et lui-même. Mais ça devient dangereux, ce petit jeu.

J'avais à peine mis le pied dans la petite maison que le téléphone a sonné. Un coup, deux coups. J'ai répondu d'une voix hésitante:

— Bonjour, Caroline à l'appareil!
— Mais qui êtes-vous?

J'ai reconnu la voix du directeur de l'usine.

— Je dois parler au capitaine Santerre. C'est urgent. Passez-le-moi!

— Eh bien, voilà... le capitaine n'est pas ici en ce moment! Mais il va revenir très bientôt.

— Comment ça, très bientôt? Je viens de lui dire de ne pas bouger, de rester là, près du téléphone!

J'ai eu envie de rire. Et puis je me suis dit qu'il valait peut-être mieux gagner du temps.

— C'est curieux. Il m'a ordonné la même chose!

Le directeur de l'usine rageait à l'autre bout du fil.

— Mais qui êtes-vous?

C'est toujours un peu difficile de répondre à cette question. Côté portrait de famille, ça devient vite compliqué. Je lui ai quand même avoué que j'étais la demi-soeur de Charlie.

J'étais très énervée. Je ne voulais pas subir les foudres de cet homme. Mon demi-frère courait à sa perte dans les tunnels de l'usine et je voulais retourner au sas pour voir si le capitaine était revenu:

— Écoutez, je ne peux pas vous parler plus longtemps, j'attends un appel très

important!

— Qu'est-ce que vous dites? a jappé le directeur.

— Au revoir et au plaisir.

Je lui ai presque raccroché au nez! J'étais tellement affolée que j'ai pris mes jambes à mon cou et je suis revenue vers l'escalier au bout du lac.

La porte du sas ne s'ouvrait que de l'intérieur. Je n'entendais rien et j'allais éclater en sanglots lorsque le téléphone s'est remis à sonner. Nouvelle course vers la petite maison:

— Oui, allô!

J'avais le souffle court, j'entendais mal et la voix a répété:

— C'est moi, Jean-Philippe! J'ai reçu un coup de fil du directeur de l'usine. Il m'a tout dit!

Il était inquiet lui aussi, mais il a senti que j'étais fragile. Un vase rempli à ras bord... et prêt à renverser.

— Écoute, Caro, ne bouge pas. J'arrive tout de suite.

Mes lèvres tremblaient. Je bégayais, mais pourtant je voulais savoir:

— Pourquoi? Pourquoi est-ce plus dangereux cette fois-ci que la première fois?

Jean-Philippe a été très gentil. D'une voix très calme, il m'a expliqué que le grand filtre de l'usine devait être nettoyé tous les soixante jours. Quelques jours avant ce nettoyage, l'usine entrait en alerte rouge. Le filtre encrassé produisait des émanations toxiques.

— Mais ne t'inquiète pas, tout se passera bien. Les pompiers sont en route. Ils vont organiser un sauvetage!

Je me suis ressaisie. Il a raccroché doucement, pour ne pas faire de vagues, et j'ai constaté dans quel pétrin nous étions. Deux fois les pompiers en moins d'une semaine!

Je suis restée quelques minutes dans la petite maison. J'ai retrouvé mes esprits et au moment où j'allais sortir, le téléphone s'est remis de la partie. C'était Marthe, cette fois. La mère de Charlie. Et elle était aussi au courant:

— Je ne comprends pas, disait-elle. Pourquoi insiste-t-il pour aller là où c'est écrit «Entrée interdite»? Ça devient plus qu'un problème de lecture, ça ressemble à de l'entêtement!

Je lui ai parlé de la gravité de la situation. Elle s'est inquiétée à son tour et m'a dit qu'elle sautait dans un taxi. Pour une troisième fois, je suis sortie et j'ai marché le long du lac.

Pas le moindre signe du capitaine. Je suis passée devant l'escalier menant au sas et je me suis arrêtée un peu plus loin, devant le terrain vague qui séparait le lac de l'usine.

Plus loin, dans la ville, on pouvait entendre des sirènes. Les camions de pompiers convergeaient vers l'usine d'épuration d'eau.

Devant le bâtiment de béton sans fenêtres, le directeur de l'usine gesticulait. Il était entouré de quelques employés et semblait dans une colère épouvantable!

La voiture de Jean-Philippe ne tarderait pas à se pointer, Marthe arriverait en taxi

et, avec un peu de chance, Dominique vien-
drait faire son tour elle aussi.

Charlie venait d'accomplir le plus grand
coup de sa carrière! S'il survivait aux émanations toxiques, il n'était pas mieux que
mort!

Chapitre VII
In extremis

Quand la porte rouge s'est ouverte et que la silhouette du capitaine est apparue, j'ai poussé un long soupir. Charlie portait le masque à gaz, et je pouvais voir ses yeux papillonner derrière les deux ouvertures rondes. Il avait l'air étourdi, mais il était bien vivant.

— Il va s'en sortir. Mais cette fois, je crois qu'il a appris sa leçon, il n'y retournera pas!

Les camions de pompiers venaient de se ranger dans le stationnement de l'usine, ainsi que la voiture de Jean-Philippe et le taxi qui amenait Marthe. Ils mettraient cinq bonnes minutes avant d'atteindre le lac, et le capitaine décida de conduire Charlie dans sa maison.

— J'ai vu les fleurs, a-t-il dit en enlevant le masque à gaz. Je les ai vues.

Une fois encore, le capitaine a fait semblant de ne pas entendre. Il a déposé mon

demi-frère dans le lit et s'est tourné vers moi.

— À cause des gaz... des fois, on a l'impression de voir des choses.

Sa voix était distante, presque indifférente même. Il ne prêtait aucune importance à ce que disait Charlie. Il lui versa plutôt un grand verre d'eau.

— C'est un vrai trésor, disait mon demi-frère.

Et je ne savais plus lequel des deux croire. Charlie reprenait ses esprits. Il était très sûr de lui, alors que le capitaine continuait de se défiler.

— Oublie ça, petit! Oublie ça. Tu es chanceux d'être encore vivant!

Quand il lui a servi le verre d'eau pourtant, Charlie s'est agrippé à sa main et l'a regardé droit dans les yeux:

— Dites-moi, capitaine. Je n'ai pas rêvé. Il y a des fleurs dans le tunnel.

Le vieil homme s'est senti piégé. Il s'est assis sur le rebord du lit et je me suis approchée, moi aussi. Contre toute attente, le sourire en coin est revenu sur son visage et il a murmuré:

— Ce ne sont pas des fleurs...

On était pendus à ses lèvres. Autant

Charlie que moi, on était certains qu'il allait tout dire, qu'il allait nous faire une révélation.

— Ce ne sont pas des fleurs... c'est «toute la beauté du monde»!

J'étais en face du capitaine. Il avait le regard brillant et n'avait rien d'un homme malhonnête. Chacun a droit à ses secrets. «Toute la beauté du monde» était celui du capitaine, et ce secret se cachait dans les tunnels sombres d'une usine d'épuration d'eau.

Il y avait tout un brouhaha à l'extérieur de la petite maison. Les pompiers, le directeur de l'usine, Jean-Philippe et Marthe étaient tous là, de l'autre côté de la cloison, alors que moi et Charlie on attendait que le capitaine parle!

— Ce serait un peu compliqué de vous raconter ça ici. Mais la prochaine fois, si vous voulez.

— Maintenant! On veut savoir maintenant! disait Charlie.

J'allais me mettre de la partie, lui extorquer un bout de confession, au moins. Mais la porte de la petite maison s'est ouverte et ils sont entrés.

Les pompiers avaient leur masque à gaz

à la main, comme s'ils étaient prêts à intervenir. Jean-Philippe était dans ses petits souliers et le directeur de l'usine fulminait.

— On a décidé d'ouvrir une garderie, monsieur Santerre?

Charlie s'était assis dans le lit. Il s'attendait à recevoir un grand coup. L'engueulade en règle, même. Ce qui se passa fut bien pire. Le petit homme chauve ignora complètement mon demi-frère et s'en prit au capitaine:

— Monsieur Santerre, vous êtes congédié! Vous ferez votre semaine et, dès vendredi, vous devrez partir!

Je n'en croyais pas mes oreilles. Charlie non plus, d'ailleurs. Le capitaine Santerre venait de perdre son emploi, comme ça, devant nous.

Pendant ce coup de théâtre, les pompiers se sont retirés. Le directeur, plutôt content de son effet, a laissé derrière lui un capitaine Santerre complètement effondré. Il est sorti de la maison en grand seigneur.

— Mais ce n'est pas juste, disait Charlie. Vous avez bien vu! C'est moi! Ce n'est pas lui!

Voir un autre payer pour ses bêtises, c'est la pire des punitions. Mon demi-frère s'est mis à trembler. Marthe s'est tout de suite approchée, suivie de Jean-Philippe. Charlie pleurait. Il pleurait pour le capitaine San-terre.

Chapitre VIII
La quarantaine

Charlie était en quarantaine. Toute sortie interdite, à part l'école et une marche par jour au parc. Au début, la punition était encore plus sévère. Mais Jean-Philippe avait fléchi à la dernière minute:

— Bon, on ne veut pas l'empêcher de vivre, quand même. On ne veut pas le brimer... Mais si on pouvait empêcher les camions de pompiers, les ambulances et les escouades antiémeutes de nous tomber dessus, il me semble que la vie serait plus agréable.

De toute façon, Charlie traînait sa peine depuis trois jours. Cette histoire lui avait donné un coup. Il se rendait bien compte de ce qu'il avait fait. Si le capitaine était maintenant sans emploi, c'était sa faute.

Pourtant, me disais-je, il y a un truc qui me chicote. Ce petit bout de conversation entre Charlie et le capitaine, juste avant que les pompiers n'arrivent:

«Ce ne sont pas des fleurs... c'est "toute la beauté du monde".»

Quand même étrange que toute la beauté du monde puisse se cacher dans les souterrains de l'usine. En fait, l'histoire du capitaine, je n'y avais jamais vraiment cru. Après avoir voyagé pendant des années, il ne pouvait pas habiter là, à côté du lac!

J'étais toute à mes pensées quand Adèle s'est amenée.

— Caroline, dis-moi, qu'est-ce que ça veut dire: «toute la beauté du monde»?

Elle aussi? J'avais peine à y croire. Adèle, qui ne comprenait jamais rien, s'intéressait aussi aux fleurs du capitaine.

— C'est Charlie qui dit toujours ça, en ce moment. Comme il ne parle pas, d'habitude, je trouve ça drôle.

— Bien justement, je ne sais pas ce que ça veut dire.

Elle avait l'air déçue. Elle a marmonné quelque chose que je n'ai pas compris et puis elle m'a regardée droit dans les yeux:

— Pourquoi c'est toujours important, les histoires de Charlie? On s'inquiète toujours pour lui. Chaque fois, c'est son tour!

Je ne voulais pas l'encourager à faire des bêtises, mais je ne voulais pas non plus

70

lui faire la morale.

— Faut pas le voir comme ça. On s'amuse bien avec Charlie. On découvre toujours des choses.

— Et qu'est-ce que c'est, «toute la beauté du monde»?

— Ah ça, on ne l'a pas encore découvert!

La réponse a semblé la satisfaire, momentanément du moins. Elle s'est éloignée, mais avant de sortir de la chambre, elle a grogné:

— Non, mais c'est vrai. Il n'y a pas que les bêtises de Charlie dans la vie!

J'étais persuadée que Charlie avait tourné la page. Mort de honte, il tentait d'oublier l'usine d'épuration d'eau et le capitaine. Mais il n'en était rien. Comme moi, il se demandait ce qu'avait voulu dire le vieil homme.

Sans le savoir, Adèle m'avait un peu annoncé sa visite. Le jeudi suivant, après l'école, Charlie rappliqua dans ma chambre en agitant un bout de papier devant lui.

— «Toute la beauté du monde»?

Je l'ai regardé d'un drôle d'air.

— Comment ça, toute la beauté du monde?

Il n'avait plus rien du petit chien battu. Charlie avait retrouvé ses ailes et il m'a annoncé fièrement:

— C'est le numéro de téléphone du capitaine. On ne peut pas aller à l'usine, c'est interdit. Mais on peut lui donner rendez-vous au parc, le long de la piste cyclable.

Charlie a un charme fou, il faut bien l'avouer. Même s'il est le pire des cancres, on lui pardonne. Ça bouge tout le temps dans sa tête et quand il tient un os, il n'en démord pas.

— Il nous a bien promis qu'il nous dirait tout, la prochaine fois.

— Oui, mais il a perdu son emploi depuis! Je ne suis pas certaine que...

— Qu'est-ce qu'on perd à lui donner un coup de fil?

J'étais aussi curieuse que lui, de toute façon. Ce vieux loup de mer, échoué sur le bord d'un lac artificiel... ce trafiquant de fleurs mystérieuses. Trop de secrets, trop de questions restaient sans réponse.

J'ai pris le bout de papier qu'il me tendait et on s'est faufilés dans le bureau de Jean-Philippe. Nous étions seuls à la maison. C'était le moment ou jamais.

Chapitre IX
Le banc du parc

Le capitaine Santerre est arrivé au parc avec une boîte de carton. Il l'a soigneusement déposée sur le coin du banc et il s'est assis. Jovial, il affichait un large sourire et il a taquiné Charlie.

— Dommage que je perde cet emploi. C'était l'endroit idéal pour moi.

— Pour «toute la beauté du monde», vous voulez dire.

Charlie avait le regard malin. Il avait prononcé ces mots et il attendait maintenant une réponse.

— C'est vrai, l'autre jour, j'ai promis de tout vous dire.

On s'est assis, nous aussi, sur le banc. Le capitaine n'offrait plus aucune résistance. Il s'était même éclairci la voix, pour qu'on l'entende bien.

— C'est une vieille histoire...

Ça, on s'en doutait. Je lui ai fait un sourire et Charlie a carrément roulé les yeux.

— Bon! Vous vous souvenez de Bergson, mon second. J'ai sa photo chez moi, je vous en ai parlé.

On a tous les deux fait signe que oui, et il a poursuivi.

— Il s'intéressait beaucoup aux plantes. Aux plantes exotiques, bien sûr, et plus précisément à celles qui avaient une grande résistance, qui pouvaient survivre aux pires conditions.

Cela ressemblait un peu à ce que l'on savait des nopals. Dans une intervention surprenante, Charlie a donné le ton à l'échange.

— On n'est pas des nouilles. On a lu sur le sujet!

Le sourire en coin du capitaine est revenu. Il s'est calé bien au fond du banc, ravi d'avoir un auditoire aussi intéressé:

— Bergson traînait toutes sortes de plantes, comme ça, sur les bateaux. Une vraie lubie, chez lui. Il avait un véritable jardin dans sa cabine.

Ça ne ressemblait pas au portrait qu'on s'en était fait, Charlie et moi. En photo, il avait l'air tellement louche.

— Bergson dormait tout recroquevillé dans sa couchette, au milieu des plantes.

Et il faisait des tas d'expériences.

Curieux comme on peut se tromper sur les gens. Cette cicatrice, cette blessure de guerre au visage de Bergson n'était peut-être rien d'autre que le baiser d'une plante carnivore!

Le capitaine s'était arrêté. Son regard courait sur le parc, mais Charlie ne lui laissa pas le temps de se reposer:

— Les fleurs qui poussent au fond du tunnel... c'est lui...?

— Absolument, souffla le capitaine.

Le portrait commençait à s'éclairer. Ils étaient donc deux dans cette affaire de plantes mystérieuses.

— Mine de rien, Bergson menait des recherches très spécialisées sur ses plantes. Il s'intéressait à leur capacité d'adaptation en milieu difficile. Il faisait des boutures, il faisait des croisements. Il leur compliquait sans cesse la vie pour en accroître la résistance.

— Il martyrisait les plantes? ai-je demandé.

— Si on veut, a-t-il répondu. Il voulait créer une variété hyperrésistante! Une plante pouvant pousser n'importe où, dans les déserts comme dans les dépotoirs.

De plus en plus intéressant. Le capitaine avait la main sur la boîte de carton. Et il nous faisait languir.

— C'est une variété très rare de nopal qui a fini par donner les meilleurs résultats, a-t-il ajouté.

— Les Éphémères. On est au courant. On a regardé dans un livre. Les nopals éphémères. Ils ne fleurissent qu'un jour par année.

Le capitaine Santerre était impressionné. Il me regardait, il flattait sa boîte et il hochait la tête:

— Vous êtes très intelligente, mademoiselle.

J'ai rougi, et Charlie est venu à ma rescousse:

— Et Bergson, que lui est-il arrivé?

— Bergson vivait presque dans la cale des navires. Comme il n'y avait plus de place dans sa cabine, il y gardait ses Éphémères. À force d'expériences, il a fini par produire un nopal qui restait en fleurs trois mois par année.

Ses yeux s'étaient illuminés. Tournant le dos à la boîte, il gesticulait, comme s'il tenait une de ces fleurs dans ses mains.

— Une variété vraiment unique. Les

racines s'enroulent autour d'un caillou. C'est tout ce qu'il lui faut pour vivre... et quelques gouttes d'eau par année.

— Et Bergson? Vous ne m'avez toujours pas dit ce qu'il est advenu de Bergson!

Le capitaine Santerre a baissé les yeux et s'est éclairci la voix.

— Il n'est jamais revenu de voyage. Il est mort très loin de chez lui... à Madagascar.

Il n'a pas terminé sa phrase. Le capitaine avait les yeux gonflés de larmes. On n'a rien dit pendant un moment. Plus de questions, plus rien. Et puis il a ajouté:

— Un cancer. Un cancer tout bête. Il n'est jamais retourné en Norvège. Il est resté là-bas, au soleil.

Alors on a compris à quel point il aimait cet homme. Combien il était attaché à son second. Une amitié qui avait duré plus de trente ans.

— Avant de mourir, il m'a confié ses nopals. Ses Éphémères éternelles, comme il les appelait. Il m'a expliqué ce qu'il leur fallait pour survivre, pour se développer... et pour mener l'expérience jusqu'au bout.

Ni Charlie ni moi n'osions dire un mot.

Le sourire en coin du capitaine avait disparu. Et c'était un homme fragile qui venait de prendre la boîte de carton dans ses mains pour la poser sur ses genoux.

— J'ai trouvé les conditions idéales dans les tunnels souterrains de l'usine d'épuration d'eau. Pire encore que la cale d'un bateau. J'ai accepté cet emploi à cause de ça. Pour Bergson et ses Éphémères éternelles.

Plus personne ne parlait. La conversation se serait arrêtée là, mais tout d'un coup, le capitaine s'agita:

— Sauf que... attendez de voir ce que j'ai fait! Mieux encore que Bergson!

Il jubilait en ouvrant le carton. Ses gestes étaient très délicats. D'un air triomphant, il a sorti deux petits cactus sans épines, chacun accroché à un caillou et surmonté d'une fleur.

— Les fortes concentrations d'azote, qui se forment dans les tunnels de l'usine à certains moments du mois, ont eu un effet très étrange sur les Éphémères. Elles se sont encore transformées, elles sont devenues plus résistantes et surtout, elles restent en fleur toute l'année. Elles portent encore mieux leur nom!

— Des Éphémères éternelles, ai-je murmuré en prenant l'une d'elles dans mes mains.

— Maintenant, je vais devoir interrompre l'expérience, mais si j'avais pu continuer, Dieu sait où cela aurait mené.

Le regard du capitaine s'était embrouillé. Il rêvait. Il n'était plus vraiment avec nous dans le parc.

— Voyez-vous, j'aurais voulu en planter partout, des Éphémères. Une plante qui n'a besoin que d'un caillou et de trois gouttes d'eau, c'est le bonheur. On pourrait en mettre partout! Couvrir les dépotoirs... cacher ce qu'on ne veut pas voir.

Le capitaine Santerre excellait quand il parlait de l'avenir. Des fleurs poussaient dans son monde à lui. Des champs d'Éphémères éternelles à perte de vue.

Mais Charlie était de plus en plus mal dans sa peau! Il fondait littéralement sur le banc du parc, à mesure que le mystère des fleurs s'éclairait! Il se sentait coupable. Il se sentait responsable de l'échec de ce grand projet.

Au moment où on s'y attendait le moins, il s'est levé et a pris ses jambes à son cou!

— Charlie! Mais où vas-tu comme ça?

Il ne s'est même pas retourné. Il était complètement affolé. Alors je me suis excusée auprès du capitaine et j'ai déguerpi à mon tour. Je savais que si je le perdais de vue, les choses deviendraient encore plus compliquées!

Chapitre X
La photo publicitaire

Jean-Philippe et Dominique travaillent fort en ce moment. Un contrat de publicité pour une collection de vêtements très chic. Il leur faut une photo pour illustrer la mode de la prochaine saison. Ils en ont apporté des centaines à la maison qu'ils ont étalées dans le bureau. Ils cherchent la perle rare.

Vers vingt heures, ils n'avaient pas encore trouvé, et ils sont venus voir ce que nous faisions. Comme ils n'apercevaient pas Charlie, ils se sont inquiétés.

— Caroline, sais-tu où est ton demi-frère? a demandé Jean-Philippe.

J'ai bien été forcée de le dire. Depuis notre balade au parc, l'après-midi même, j'avais perdu la trace de Charlie. Je n'ai pas parlé du capitaine Santerre, de notre rencontre dans le parc et des Éphémères éternelles. J'ai plutôt essayé de rassurer Jean-Philippe:

— Ce n'est pas la première fois qu'il me fait le coup. Il prend le large comme ça des fois. Mais il va revenir!

Au même moment, le téléphone a sonné. Sacré Charlie, va! Il a le sens du spectacle. C'est Dominique qui a pris l'appel et il lui a fait tout un numéro:

— Écoute, on cherche une photo en ce moment. Mais je vais le dire à ton père... il ira sûrement te chercher.

Charlie était de retour sur ce banc de parc, le sacripant. À l'endroit même où il m'avait fait faux bond un peu plus tôt. Et il ne démordait pas. Jean-Philippe a pris le récepteur. De la porte de ma chambre, je pouvais entendre le grésillement de sa voix:

— Tu veux que j'aille te chercher en auto... et que j'apporte l'appareil photo? Écoute, Charlie, ce n'est vraiment pas le moment.

Mon demi-frère est imbattable pour convaincre les gens. Je ne sais pas ce qu'il lui a dit, mais cinq minutes plus tard, on prenait la voiture, Jean-Philippe et moi. L'appareil photo reposait sur la banquette entre nous deux et le temps semblait compté.

En moins de dix minutes, on était arrivés. Jean-Philippe s'est garé dans le stationnement, je suis restée dans la voiture et il est allé à leur rencontre. Parce que Charlie n'était pas seul. Le capitaine Santerre se trouvait avec lui.

Ils ont parlementé pendant quelques minutes dans le parc. Le capitaine gesticulait. Il était question des Éphémères éternelles, de toute évidence. Bientôt, la voix de Jean-Philippe s'est élevée.

— Très bien. Allons les voir, tes fleurs!

Ils se sont approchés de la voiture. J'ai cédé ma place au capitaine et je suis allée retrouver Charlie sur la banquette arrière.

— Tu manigances quelque chose, toi. À voir la tête que tu fais!

— C'est pas grave... c'est un bon coup pour une fois!

J'ai voulu en savoir plus, mais on y était déjà. La voiture de Jean-Philippe s'est engagée sur la petite route menant au lac. Rendus devant la maison du capitaine, ce n'était plus le temps de discuter.

L'odeur était insupportable de l'autre côté des portes rouges, mais le capitaine Santerre nous a rassurés.

— Il n'y a aucune émanation, en ce moment. Le grand filtre a été nettoyé, ces jours derniers...

De l'autre côté du sas, on est descendus vers les souterrains. Charlie ouvrait la marche, comme s'il était un habitué de la maison.

— C'est juste là, dans le tunnel d'aération. J'ai mis des lampes solaires, annonça le capitaine.

Jean-Philippe regardait autour de lui en serrant l'appareil photo dans ses mains. Il avait l'air émerveillé et pourtant il n'avait rien vu. Au détour du tunnel, le carré d'Éphémères est apparu. Elles étaient magnifiques et il est tombé à genoux!

— Mais qu'est-ce que ça fait ici? Incroyable...

Pendant qu'il sortait l'appareil photo de son étui, je me suis penchée au-dessus de son épaule pour voir, moi aussi.

— Voilà l'image qu'on cherchait! s'est exclamé Jean-Philippe.

C'était impressionnant d'en voir autant ensemble. Il devait y en avoir une centaine. Et elles étaient toutes agrippées à leur caillou, comme celles que le capitaine nous avait montrées, l'après-midi même.

— La terre molle, en dessous, contient les rebuts du grand filtre. On ne pourrait

imaginer pire endroit pour planter des fleurs.

Jean-Philippe prenait des photos sous tous les angles. Il déplaçait les lampes solaires, rajustait l'éclairage et faisait de très gros plans.

— Le directeur de l'usine sait-il ce que vous fabriquez ici?

— Euh... je voulais lui en parler, avant de partir. Enfin, la situation ne s'est jamais vraiment présentée.

— C'est ça le problème, annonça alors Charlie...

Jean-Philippe baissa son appareil. C'était si rare que Charlie parle, qu'il énonce une idée articulée.

— Le capitaine a perdu son emploi. Si on laisse les fleurs là, sans que personne ne le sache, elles vont mourir.

— Oh, j'avais bien l'intention d'en parler, indiqua le capitaine.

— Mais ce serait beaucoup plus simple si on vous laissait votre emploi.

D'une logique implacable, cet enfant, lorsqu'il faisait un petit effort! Mais de toute façon, il aimait ces fleurs. Il aurait fait n'importe quoi pour les sauver!

Jean-Philippe regardait les fleurs. Il

avait plein d'idées en tête, cela se voyait. Pour la campagne publicitaire, de toute évidence. Les couleurs de la mode, le rouge pourpre des Éphémères éternelles.

Il voyait déjà défiler des mannequins dans les tunnels souterrains de l'usine. Ça ferait très moderne. Et les plus belles images seraient prises autour du carré d'Éphémères.

Dès le lendemain, il ferait venir une équipe de photographes, des professionnels avec éclairage et tout. Il faudrait parler au directeur de l'usine pour obtenir la permission, bien sûr... et le moment venu, Jean-Philippe dirait un bon mot pour le capitaine Santerre.

Quand on est sortis du tunnel, ce soir-là, tout le monde empestait, mais Jean-Philippe était content. Il s'est rué sur le téléphone. Il a parlé avec Dominique et lui a dit qu'il avait trouvé exactement ce qu'il fallait.

Pendant une semaine, on n'a parlé que de ça à la maison. De la campagne publicitaire réalisée dans les corridors sombres de l'usine d'épuration.

Les fleurs du capitaine ont été immortalisées au côté de mannequins splendides

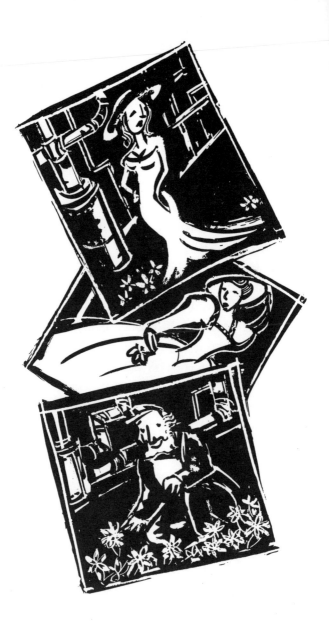

et de robes magnifiques. Il a même été question de rebaptiser la collection de printemps «Éphémère éternelle». Ce ne serait pas si mal, non?

***

Charlie se fait tout petit ces derniers temps. Il a passé la fin de semaine chez Marthe, et depuis qu'il est revenu, j'attends encore qu'il fasse une bêtise. Mais rien! Aucun faux pas. C'est un Charlie exemplaire, qui est tombé amoureux des Éphémères!

Le bon mot de Jean-Philippe au directeur de l'usine semble avoir eu son petit effet. Quand il est rentré du travail un soir cette semaine, il claironnait:

— Vous savez, le capitaine... ils l'ont réembauché à l'usine!

Charlie a poussé un grand soupir de soulagement. On l'a entendu dans toute la maison. Mais il s'est repris aussi vite:

— Finalement, si je n'étais pas allé voir de l'autre côté de cette porte où c'était écrit «Émanations toxiques», on ne les aurait jamais trouvées, les fleurs du capitaine!

Tout le monde s'est regardé, personne n'osait rien dire et Adèle, finalement, a demandé:

— Mais comment as-tu fait, si tu ne sais pas lire?

Charlie a fait semblant de ne pas l'entendre, mais elle insistait.

— C'est ça, on ne me répond pas, à moi, quand je pose une question!

— ... Bien, je ne le savais pas non plus. J'ai deviné.

Il bégayait, il n'était pas convaincant et Jean-Philippe a étalé quelques photos sur la table pour le tirer d'embarras.

Elles venaient tout juste d'être développées. On pouvait y voir le capitaine Santerre, accroupi au milieu de ses fleurs. Au fond, il n'avait pas complètement tort, Charlie. Sans lui, on ne les aurait jamais découvertes, les Éphémères éternelles.

Table des matières

Achevé d'imprimer
sur les presses de Litho Acme Inc.